神なき国の騎士

あるいは、何がドン・キホーテにそうさせたのか？

川村毅
Kawamura Takeshi

論創社

神なき国の騎士

——あるいは、何がドン・キホーテにそうさせたのか？

目次

●登場人物

ドン・キホーテ（／ロシナンテ）
サンチョ・パンサ（／驢馬）
イワオ／男1
ネオ／女
クロマツ／男2
ゴロー／男3
トリ

ロシナンテ
驢馬
白い人々
政治家
秘書

プロローグ

風車がまわっている。やせ馬ロシナンテにまたがったドン・キホーテと驢馬に乗ったサンチョ・パンサが現れる。ギュスターヴ・ドレの挿絵から出てきたかのようなふたり。

ドン・キホーテ　「友のサンチョ・パンサよ、ほらあそこを見るがよい。三十かそこらの途方もなく醜悪な巨人どもが姿を現したではないか。拙者はこれから奴らと一戦をまじえ、奴らを皆殺しにし、奴らから奪う戦利品でもって、お前ともども裕福になろうと思うのだ。というのも、これは正義の戦いであり、かくも邪悪なやからを地上からおいはらうのは神に対する立派な奉仕でもあるからだ。」

サンチョ　「どこに巨人がいるだね？」

ドン・キホーテ　「ほら、あそこに見える長い腕をした奴らじゃ」

サンチョ　「しっかりしてくだせえよ、旦那様。あそこに見えるのは巨人なんかじゃねえだ。ただの風車で、腕と見えるのはその翼。」

ドン・キホーテ　「お前はこうした冒険にはよほど疎いと見えるな。実はあれらはいずれも巨人なのじゃ。だが、怖いなら、ここから離れておればよい。お祈りでも唱えておるがよい。」

ドン・キホーテはロシナンテをけしかけ、風車に突進し、翼に槍を突き立てるも、翼は回り続けて槍は折れ、人と馬は翼にさらわれて転倒する。

サンチョ　「やれやれ、なんてこった！」

するとあたりは尋常ならざる気配に包まれる。ロシナンテと驢馬が鳴く。
ドン・キホーテとサンチョ・パンサもあたりを見回し、空を見上げる。

サンチョ　旦那様、こりゃ一体……
ドン・キホーテ　ややややや、怪物の目覚めじゃ。

世界の終わりを思わせる物音が聞こえてくる。

＊　＊　＊

どこからかトリが飛んできて歌う。

三日月　さかしま　赤いフクロウ
誰もいないお寺で　鐘が鳴る
路地裏の暗がり　はたりと消えて
骨折した日傘が　水平線

さらさらさら　ごーん
さら　ごーんごん

さらさらさら　ごーん
さら　ごーんごん

第一章 中心の街

1

やせ馬ロシナンテにまたがったドン・キホーテと驢馬に乗ったサンチョ・パンサがやってくる。ドン・キホーテは戦国武将の鎧兜を身につけている。

キホーテ　ここはどこだ。
サンチョ　たぶん中心の街でしょ。
キホーテ　世界は終わった。
サンチョ　は？
キホーテ　世界が終わって、やっと夢から覚めた。
サンチョ　そうですかい。

キホーテ　さてサンチョ、いざわれらは、わかりにくい冒険の旅へと向かうぞ。
サンチョ　なんですかい、そのわかりにくい冒険の旅ってのは？
キホーテ　われらは、わかりやすい分析好きの光あふれる世界を打ちのめし、闇の世界を切り開くのだ。
サンチョ　わかりにくいです。
キホーテ　快活に進んでいるかのようなこの世界は、私たちの半透明の瞼を守ってはくれぬ。
サンチョ　世界は終わったんじゃないんですかい？
キホーテ　世界のほうでは、終わったことに気がついていない。
サンチョ　ひとりでおやんなせい。
キホーテ　なにをいう、これは拙者とおまえの旅。拙者は永遠の昔から存在する。永遠の旅に伴走するおまえもまた永遠になったのだ。
サンチョ　いずれ死にますだよ。
キホーテ　それが死なないのだ。

サンチョ　はあ、そうですか。

キホーテ　永遠。それは太古の闇。そこからやってきた拙者は、欺瞞の光を成敗すべくこの世に生まれた。かつて闇は神であった。神を名乗って舞い降りた光との戦いに敗れた闇は、畳部屋の四隅、床の間の片隅、和式便所の暗がり、日の当たらない路地などに追いやられ、ひっそり暮らしたのだった。ところが光の横暴は闇のつつましやかな生活さえも奪った。光ばかりがあふれかえった世界、その輝きが人々から真実を奪っておる。やっと今このことがわかった。

サンチョ　おいらには、やっぱりわかりにくいです。

キホーテ　世界はわかりやすさを目指しておる。それが正しいとされておる。だが、われら人間はわかりにくい闇の世界を忘れていいものだろうか。それをなきものとして生き延びていけるのだろうか。

サンチョ　なにをしなさるつもりで？

キホーテ　正義は暗がりのなかにしかない。

サンチョ　先が見えてのことなんですね？

キホーテ　なにも見えぬ。だから、これはわかりにくい冒険なのだ。

サンチョ　やれやれ、なんてこった。

いつしか写メでふたりを撮る者たちが集まっている。ドン・キホーテはロシナンテから降りる。

キホーテ　（集まったなかのひとりに）おぬしは幸せか？　本当に幸せか？（別のひとりに）おぬしにとっての幸せとはなんじゃ？（別のひとりに）おぬしは元気であるか？　本当に元気であるか？（別のひとりに）おぬしにとって元気とはなんじゃ？（別のひとりに）この世の中は正しいか？　本当に正しいか？（別のひとりに）正しい世の中とはなんじゃ？

しつこく聞き回るので、人々はその場から立ち去る。警察官らしき男1が出てくる。

男1　なんの撮影ですか？

キホーテ　……。

男1　許可とってますか？

キホーテ　……。

男1　ちょっと馬から降りてくれます？（サンチョに）そちらも子馬から降りてくれます？

サンチョ　驢馬です。

男1　ああ。驢馬ね。（キホーテに）その刀は小道具ね？

キホーテ　馬鹿を申すな。真剣でござる。

男1　ちょっと来てくれる。

キホーテ　馬と驢馬をどうするつもりじゃ。

男1　とりあえずどっかに引き取ってもらいましょう。

キホーテ　逃げろ、ロシナンテ！
ロシナンテ　ヒヒヒーン！（逃げ去る）
男1　おい待て。（追う）
驢馬　……。
サンチョ　なにしてるだ、おまえも逃げろ。
驢馬　……（サンチョに擦り寄る）
サンチョ　またどっかで会えるさ。ほれ、行け。
驢馬　……（走り去る）
サンチョ　ああ、旅というやつはなんと困難であることよ。
キホーテ　やはり手ごわいぞ、この光の中心の街は。

キャバ嬢らしき女が出てくる。携帯電話をかけている。

女　うっぜーな。だからうぜーんだよ。そういうところがうぜーんだよ。わかってんだよぉ。がたがたうぜーんだよ。てめー一度死ねよ。うっぜーな。切るぞ。（電話を切る。ドン・キホーテに気がついて）あれー、なにこれ、ウケるー。一緒に写真撮っていいですかあ。（勝手に並び撮る）ありがとね。

キホーテ　……ドゥルシネーア。

女　ん？

キホーテ　ここにいたのか、探したぞ、わが愛しの姫君ドゥルシネーア。

女　誰あんた？

キホーテ　ドン・キホーテでござる。

女　どこのドンキ？

キホーテ　は？

女　ごめんね、今から同伴は無理なんだ。（名刺を渡し）お店きてね。じゃあね。

キホーテ　さらば愛しの姫君。いずれどこかで会おうぞ。

女　指名してね。バイバイ。

女、去る。ついていこうとするドン・キホーテをサンチョは止め、

サンチョ　冒険はどした冒険は。

キホーテ　（女のほうをまだ見つつ）……バイバイにござる。

暴力団員らしき男2がくる。

男2　ちょっとちょっと旦那。

キホーテ　拙者のことでござるか。

男2　うちの組こないか。なあに、あれくらいのスケならいくらだって抱かせてやるよ。うちにこいよ。

キホーテ　何事でござる？

男2　その格好、絶対うちのオヤジ気に入るぜ。武器はねえのか。
キホーテ　真剣でござる。
男2　刀なんざより、（拳銃を取り出し）こういういいもんがあるんだよ。うちに入りゃ持たせてやるぜ。

警察官らしき男1が出てくる。

男1　あ。
男2　お。
男1　待てい。（拳銃を取り出し、構える）

男2、ドン・キホーテを盾にして撃つ。男1、撃つ。弾はドン・キホーテに当たった様子。男2、逃げる。男1は追う。

キホーテ　（撃たれたあたりをさすり）鎧はすごいな。

サンチョはホームレスらしき男3の傍らに座っている。段ボール・ハウスの前である。

サンチョ　旦那様、こっちでちょっくらお休みなさいよ。
キホーテ　（振り返り）おお、なんという見事な城であることか。（近づき）そちらがこの城のご城主であられるか。
男3　……。
キホーテ　この城はここに建てられてどれくらいの年月が経ちますかな。
男3　おちょくってんのか。
キホーテ　ご城主、なにをお腹立ちか。
男3　てめえ、おれみたいな男をからかって、そんなに楽しいか。
キホーテ　城のことを申しておるのでござる。

男3　馬鹿にしやがって。近づくなよ。
キホーテ　城のなかを見させてはくれぬか。（入ろうとする）
男3　てめえ。（キホーテの鎧を殴りつけ）いたたたたた、これ、骨折ったぜ。
（去る）
キホーテ　おお、明け渡しなすった。かたじけない、かたじけない。サンチョよ、しばらくここを仮住まいとしようではないか。
サンチョ　ここにですかい？
キホーテ　せっかくのご城主のご計らい、むげにはできん。
サンチョ　じゃ、おいらは食いもんを探しにいってまいります。
キホーテ　そうであった。食わねばならんのだった。
サンチョ　気をつけてくだせえよ、旦那様。あんたのいうとおりだ。この街は一筋縄じゃいかねえようだ。旦那様のいうわかりにくい冒険の意味が飲み込めてきましたぜ。
キホーテ　おまえはこの街がわかりにくいといっておるのだな。

サンチョ　へい。

キホーテ　それは違うぞ。拙者はわかりやすいといっておるのだ。この旅はいうなればわかりやすさというレールからいかに外れて進めるかが骨子となっておる。

サンチョ　とにかくどっかから食いもん探してきます。（去る）

キホーテ　光あふれる快活な世界。私にはこの世界のルールが未だ不明なのだ。目に見えない、匂いもない何かがこの世界を支配している。それが敵なのか味方なのかわからない。やっかいなのはどうやらそれがある時は味方になり、ある時は敵となるものであるらしいからなのだ。わが敵は未だ見えず。あるいははなから敵などいないのかも知れない。しかし、私はこのままでいるわけにはいかない、なにかをやらなければならない。私はドン・キホーテなのだから。光の世界を引きはがし、露出した地面に闇を垂らさなければならない。

羊たちの鳴き声、もしくは人間のシュプレヒコールが聞こえてくる。

キホーテ　などとつぶやきつつ城に入ろうとした私の前に大音声で鳴きわめく羊の一群が通り過ぎていったのだった。何事であろうかと好奇心にかられたまま、私は羊たちのあとをついていった。

ドン・キホーテ、去る。反対側からサンチョが出てくる。大きな袋を抱えている。

サンチョ　旦那様、食料をたくさん手に入れてまいりましたよ。この街はほんとに不思議なところだ、道端にごろごろ転がってますだよ。旦那様、あれ、どこに行きなすったね。

男3を含めたホームレスたちがサンチョを囲む。

男3　おい。
サンチョ　どうしたご城主。
男3　てめえ、おれたちの食いもんも横取りしようってんだな。
サンチョ　へ？
男3　おれたちのルールをたたきこんでやろうぜ。
男たち　おー。
サンチョ　あわわわわわ。（逃げる）

2

ドン・キホーテが出てくる。

キホーテ　羊たちにひかれるままに、たどり着いた広場には、さらにたくさんの羊たちが集まって大騒ぎになっていた。

サンチョ、追って出てくる。

サンチョ　ああ、旦那様。こんなところにいらしたか。おいらを置いて勝手にいってしまうのはやめておくんなさい。

キホーテ　よく拙者の居場所がわかったな。
サンチョ　騒がしい方向をめざしたまでです。
キホーテ　見るがいい。羊たちが怒っている。おとなしい羊たちがこんなにも怒り心頭で路上にたむろするのを初めて目の当たりにしたぞ。
サンチョ　それは違うよ、旦那様。あの人々は抗議のデモっつうやつをやってるんだよ。
キホーテ　羊たちの怒りの矛先を見て私は驚愕した。怒号の先にそびえたつのは、巨大な怪奇城、様々な妖怪が棲み、魔法使いと魔人が行き交う、かの怪奇城ではないか。かつて書物で読んだそれが実在していることに私は腰を抜かした。
サンチョ　なにをしようってんですかい、腰を抜かしたままでいてください。
キホーテ　(刀を抜き)「いくぞサンチョ、邪悪なものどもを成敗いたす。」
サンチョ　ああ、いかん、これはいかん。みんな大パニックだ！
キホーテ　羊たちが大喝采だ。ロシナンテを失っていた私は山河を越えてきたえぬいた健脚で突進だ。（走る素振り）ややっ、前方に現れたるは巨大こうもり！

サンチョ　ああ、門に向かっていきなさる！

キホーテ　のけのけ、こうもり、のけ、こうもり！（刀を振り回す）さて、いともたやすくこうもりを退散させた私は城に向かって走る走る！

サンチョ　門を突破してしまった！（男が数人出て来て取り押さえる）

キホーテ　（振り返り）おお、サンチョ、つかまったか、そやつら小こうもりは血を吸うから気をつけるのだぞ。ついに城の入り口にまで達した私は、すぐに魔法使いを見つけた。

政治家らしき男がいる。

政治家　なんだね、君は！

キホーテ　おのれ、魔法使い、人心をまどわす不逞の輩め！（刀を振り上げ）

政治家　ひぃー！
サンチョ　あぶない！

政治家の秘書らしき男が持っていたカバンでドン・キホーテの頭を殴る。

キホーテ　撃たれた……
サンチョ　（冷静に）撃たれてません、撃たれてませんよぉ。
キホーテ　サンチョ……無念。

ドン・キホーテ、倒れる。

3

引き続きサンチョがいる。

サンチョ　やれやれ、なんてこった！　この大騒ぎで旦那様とおいらはそのまま留置場に直行ですわ。

どうやら取調室らしい。男1、ドン・キホーテ、サンチョがいる。

男1　名前は？

キホーテ　拙者、機知に富んだ騎士ドン・キホーテでござる。

男1　……ふーん。で、どっからきたの？
キホーテ　このあたりのものでござる。
男1　嘘をつくな！……ん？　なんの騒ぎだ。
キホーテ　羊たちが拙者を応援しておる。
サンチョ　デモをしていた人達が中心になって旦那様釈放運動が始まってたんですわ。旦那様の行動の動画がネットで広まって旦那様はあっという間に有名になってしまわれたんですわ。つまり、旦那様はデモ隊の運動の英雄に祭り上げられたんですな。でも、旦那様もおいらもデモ隊がなにに抗議しているのか、わからないままでした。留置場から釈放される日、警察の前はえっらい人だかりで大変でした。

人々の「ドン・キホーテ！」という掛け声が聞こえる。ドン・キホーテは自信たっぷり、超然として立っている。

キホーテ　人生とは旅でござる。人間の真の生活とは冒険の繰り返しでござる。人から馬鹿にされようが、失敗しようがあきらめてはならない。

サンチョ　旦那様ってお方は、時々わけもなく正気を失ってとんでもねえことをやらかすんだが、ふだんときたからにゃ、理路整然とした話し方で、話題も豊富で、分別のある知性的な紳士なわけさ。なんちゅうか、一度会った人はみんな、なんとなあく好きになっちまうんだな。結局んところ、おいらもそのひとりだったってことに初めて気がついたわけだよ。ただ、ほんと、時折なんの理由もなく、理性を失ってとんでもねえことといいだしたり、やったりするのよ。

学者らしき男2が現れる。

男2　「あの狂気は判読不能の下書きのようなものですから。彼の狂気のなかに素晴らしい正気の交錯する変わった狂人ですよ。」

サンチョ　「そこで、ひとつ教えておくんなさいよ。いやでもおうでも狂人だってやつと、自分から好き好んで狂人になるやつと、どっちがより狂ってるんでしょうかね?」

男2　「その二種類の狂人の相違は、否応なしに狂気におちいったのは、いつまでも狂っているのに対して、物好きでなったほうは、いつまでも好きなときにやめられるということです。」

サンチョ　旦那様は気がふれてんじゃねえ、無鉄砲なだけだ。

キホーテ　人は拙者をおかしいという。拙者は確かにおかしいかも知れないが、この世の中もまたおかしいでござる。一体どちらのおかしさが最初であるか。よろしいかな、拙者は太古の闇からこの世界にやってきたのでござる。それはもともと名づけえぬ闇であるのだが、拙者には見えるのじゃ。たおやかにして清らかな闇。しかも憂い顔の闇。それらの想念と観念は、かつて拙者が偶然にも足を踏み入れた土地の有り様から起因しておる。

訪ねる土地どこででも、思いもかけぬことに見舞われる拙者は、たいそう疲れて旅路を歩んでいた。休みをとらせていただこうと足をとめたのは、とある民家であった。とりたてて大きくもなく、かといってみすぼらしいわけでもない日本家屋。木戸を滑らせると上がり框は薄暗かった。出てきた家の方の表情はよく見えない。長く続く廊下にもまた薄闇の膜が張られていた。通されたのは狭い畳の部屋で、障子に外の光が映えていた。遮られた光のせいで部屋の四隅に闇が溜まっていた。微妙な光具合と闇具合で畳の網目が異様なまでに深く見えるのじゃ。

家人が音もなく襖戸を開けて入ってくる。「お疲れでございましょう」と茶碗を差し出してくれる。「かたじけない」と拙者は受ける。茶碗をのぞくと、そこは真夜中の池であった。拙者はその真っ黒い池に引き込まれるように飛び込んだのじゃ。暗黒の水中を必死にバタフライで進んだ。水底の怪物の気配を感じる夜の水面とはなんとこわいことよのう。

ようやく岸にたどりついて、岸辺の先に広がる森のなかを歩いたのじゃ。道に迷いはしなかった。フクロウとミミズクが案内をかって出てくれたのじゃ。おお、偉大な生命を持つ木々よ、賢き小動物たちよ。拙者はいちいち感銘を受けながら森を進んだものじゃった。さらに踏みしめた地面の小枝までが、拙者にポキリとつぶやくのじゃ。「忘れないでね」と。

やがて目の前が開けた。光のない街じゃ。いや、正確にいうと天空の満月と星々が降らせる光で、すでに夜目に慣れた拙者には、木と土と石で造られた家々が立ち並ぶ集落の光景がしっかりと見えたのじゃ。

拙者は叫んだ、神の街じゃ！　神々の集落じゃ！　その光景のなかのすべてのモノが生き生きとした生命を持って寝息をたてていたからなのじゃ。

さらに夜の暗がりが拙者にささやいた。神はただひとりではない。神は大自然の森羅万象、すべての物質に宿っておる。故にわれらは自然を蹂躙してはならぬ、モノを粗末にしてはならぬ。

拙者は感動のあまりその場で気を失ってしまった。目を覚ましたのは、民家の庭先であった。ゴザの上で眠っとった拙者を人々がのぞきこんでいた。

昼日中の街もまた輝かしい生命力にあふれていた。忙しげに誰かが働いているわけではない、せわしげに株価が上がり下がりしているわけではない、それどころか、なんと街には電気が引かれていないではないか。拙者は驚愕し、瞠目した。闇を受け入れる街のたおやかさ、清らかさ。それこそが生命力の源であった。

拙者、憂い顔の騎士ドン・キホーテは、街中を歩き続けた。日が落ちても探索の散策を続けた。夜更けになって、拙者は再び気を失った。目を覚ました場所は中央公園のベンチであった。

あの街はどこに消えてしまったのだ、あの神々の街は。

MCらしき男1がいる。

男1　ドン・キホーテさんに視聴者の皆さんから多くの反響が寄せられています。「(読む) ドン・キホーテさんの話、少し難しいけれど最後の夢の話はサイコーでした。」（別のを読む）「夢見がちなドン・キホーテさんの、あたたかいお人柄に感動しました。」

キホーテ　夢ではない、あれは夢ではないのですぞ！

立ち上がったドン・キホーテをサンチョが羽交い締めにする。

キホーテ　離せ、離すのじゃ、サンチョ。

サンチョ　（離して）落ち着きなされよ、旦那様。

キホーテ　きゃっつら、拙者を侮辱しおったわ。

サンチョ　そんなことねえよ。旦那様、あんたはもう良くも悪くも大注目の的だよ。

女が出てくる。

女　ドン・キホーテ様。

キホーテ　ドゥルシネーア！
女　覚えてくれてたのね。
キホーテ　忘れるわけがなかろう、わが姫君。
女　お店、きてくれなかったじゃない。
キホーテ　お金も時間もなかったのでござる。
女　今日、同伴してくれる？
キホーテ　なに、同伴とな。
サンチョ　旦那様、行ってはだめだ。
女　いこう。
キホーテ　ドゥルシネーア……。

女とドン・キホーテは去る。

サンチョ　（見送りつつ）お気をつけなされよ。こうして旦那様の人気はうなぎ登りになっちまって、もう自分らの力じゃどうにもならない世界に旦那様もおいらもは入り込んじまった。

政治家らしき男3が出てくる。

男3　ドン・キホーテさんの秘書の方ですね。
サンチョ　秘書？
男3　秘書ですね、あなた。
サンチョ　なんだね、それは？
男3　ドン・キホーテさんと直接お話したいんだが。
キホーテ　拙者はここにおる。（となぜか奥に威風堂々の態度で座っている）ちこうよれ。
男3　わたくし、こういうものです。（名刺を差し出す）
キホーテ　（受け取り）ほほう。おぬしはあの怪奇城の者であるな。

男3　は？

キホーテ　魔法使いと妖怪が跋扈するあの城じゃ。

男3　魔法使いと妖怪か。ハハッ、こいつは言い得て妙だ。

キホーテ　おぬしも魔法使いじゃな。拙者を倒しにきたのか。

男3　いやいや。その逆です。あなたに魔法使いになっていただいて、怪奇城で活躍していただきたい。

キホーテ　なにをいう！

男3　今時代はあなたのような人間を必要としている。あなたは常々この世界がおかしいと主張してらっしゃる。文句をいってるだけでは埒があきません。ここは実行するのみです、ドン・キホーテさん。

キホーテ　しかし魔法使いというのはげせん。

男3　いい魔法使いになるのです。

キホーテ　……いい魔法使いか。

サンチョ　おいらはこの時、てっきり旦那様は応じないと思ったんだが、あっさり承諾したのさ。おいらとしちゃなんかげせなかったんだが、まあ本気で世界の事情を考えてんだと理解したわけさ。でも、なんちゅうかなあ、日に日に旦那様が旦那様でなくなっていくような感じで、どっかお尻がむずむずしていたことは確かなわけさ。

そいでもって、あいやー、セケンってのはまっことおそろしいもんで、旦那様はトップ当選しちまっただよ。一度転がりだした石はとまんねえ。それからあれよあれよって間にことが運んで、人のいい旦那様はいろんな思惑にかつぎ出されて、大統領候補者にまで祭り上げられちまって、まさしく魔法使いと妖怪たちがなにをどう謀ったのかはわからねえが、大統領になっちまっただよ。まさしくあそこは旦那様が最初いった通りの怪奇城。だけどいった当人がそれを忘れちまっておおはしゃぎ。セケンって化けもんも大興奮。まっことこの世の中、おそろしいこってす。

颯爽と現れる背広姿のドン・キホーテ。

キホーテ　そういうわけで、サンチョ・パンサ、君に官房長官の役職を託す。
サンチョ　官房長官ってどういう種類の感冒なんですかい？
キホーテ　権力だよ。わかってきたよう気がする。拙者にこれまで足りなかったのはこれだったのだ。なんでもできる気がしてきたぞ。
サンチョ　旦那様。
キホーテ　長官、大統領と呼びたまえ。
サンチョ　いやあな予感がしますよ。
キホーテ　どうしたいやな感じだ？
サンチョ　物事が速く進みすぎだ。
キホーテ　それは拙者も感じてはいる。だが、これもまた運命なのだ。さて拙者はこの権力という武器をいかように利用できるか。上手に使えばわが冒険の目的が果たせる。わかるか、サンチョ、政治だよ、政治。
サンチョ　旦那様は思っていたより冷静なんで、おいらはこの時安心した。だけんども冷静と異常興奮のあいだを行き来なさる旦那様の真骨頂がすぐに出てきた。旦那様が最初に提案した政策は、不定期に旦那様の気が向いた時に、国中の電気をすべて止めるってことだった。計画が発表されると、もう街中が大パニックの大騒動になっただよ。
　旦那様、こげな馬鹿げたことはやめたほうがいい。

キホーテ　闇の魅力を広げるのだ。
サンチョ　わかりやす過ぎますよ。
キホーテ　わかりやす過ぎる？
サンチョ　あんたのいうわかりにくい闇は、こんなことで伝わるんですかね。
キホーテ　仕方あるまい。政治というものはわかりやすくなければいけないのだから。
サンチョ　そういって旦那様はテレビに出たんだ。

　ドン・キホーテ、テレビカメラの前で語りかける。が、その声は聞こえない。

サンチョ　旦那様が話した内容は前にテレビ番組で一度しゃべった、夢んなかで見たっつう電気のない街のことだった。あん時と違うのは、流暢な標準語でしゃべったってことだ。旦那様特有のうっとりするようないい声で、街の光景が目に浮かぶような語り口だった。だけんど、誰があの中身に説得されるもんかね。

キホーテ　（テレビカメラの前で話の終わりである）私が目を覚ましたのは中央公園のベンチでありました。……さて、そうしたわけで国民の皆さん、あの神々の街を私たちの国土によみがえらせようではありませんか。

サンチョ　ああ、そいでもって転がる石は止まることをしらねえ。お次は、週刊誌に旦那様のスキャンダルときたもんだ。

会見場。女、男1、2、3がいる。ここではどうやら各メディアの記者たちであるようだ。ドン・キホーテが座っている。

男1　今週発売の週刊誌に大統領とキャバクラ嬢との関係が書かれていますが。
キホーテ　キャバクラ嬢ではない。
男1　じゃあなんですか。
キホーテ　貴い家の娘ドゥルシネーア姫です。
男1　相当ご執心のようですね。
キホーテ　なにが悪い。
男1　まあ確かに独身者どうしなので問題はないんですが、国会期間中に大統領がキャバクラ通いというのはどうなんでしょうかね。
キホーテ　キャバクラとはなんですか。拙者はただ姫の御殿エンジェル・キッスにお邪魔したまでなのだが。
男2　同じ記事に大統領が以前風車を破壊したというテロ活動の過去が報道されていますが。
キホーテ　テロとはなんぞ？　風車とはなんぞ？

男2　事実なんですか。
キホーテ　正義の戦いを敢行したことはあります。
男2　なるほど。正義の戦いですか。
男3　巨大なテロ組織とのつながりも指摘されていますが。
キホーテ　さて、それは巨人についてのことであるかな。
女　風車を破壊したという報道は事実なんですね？
キホーテ　巨人と戦ったのはほんとのことですが……
女　事実なんですね。
キホーテ　負けもうした。
女　負けもうした……誰にですか？
キホーテ　巨人に負けもうした。だから残念ながら拙者の勝利というのは事実ではありません。週刊誌の報道は間違いです。謝罪と訂正を求めます。

記者たち全員「?:」の表情で正面を向く。やがて口をそろえて客席に向か

って、

全員　こんな大統領はだめだ！　誰だこんなものを選んだのは！　国民だ！　われわれだ！　ドン・キホーテは馬鹿だ！　われわれ国民と同じぐらいに馬鹿だ！　ドン・キホーテをやめさせろ！　もうドン・キホーテの顔は見たくない！

座っていたドン・キホーテ、やおら真剣を抜き、

キホーテ　おのれマス・メディア！

記者に向かって刀を振り回す。場内、騒然となる。

4

ドン・キホーテは拘束着を着させられて座っている。サンチョがやってくる。

サンチョ　「ああ！　それにしても、この惨めな世界に生きている者には、思いもかけぬことが、よくもまあ、こう次々に起こるものよ！」（拘束着を外しつつ）旦那様、ご安心ください、おいらが保護観察者ってことで今日から自由の身になれますだよ。

キホーテ　だが一時ではあったが、いい夢を見させてもらった。

サンチョ　やれやれ、なんてこった！　どこまで人がいいこったよ。

キホーテ　この世の中では、だまされる人間が必要なのだ。だまされているとわかっていて、それを受け入れる人間が。
サンチョ　いっそのこと旦那様のほうでだましてやればよかったんだよ。
キホーテ　誰をだますのだ？
サンチョ　いろんな人をだよ。正直にやり過ぎたんだよ。
キホーテ　そんなことはない。以前おまえがいったとおりだ。わかりやすさから逃れようとして、わかりやすさの罠にはまってしまった。
サンチョ　帰りますか。
キホーテ　われらに帰るところがあるのか。あるとしたら、わかりやすさに帰ろうとでもいうのか。しかし、それは帰ったことにはならない。そもそもわしとは何者じゃ？
サンチョ　わかりません。
キホーテ　そうれ、みろ。愚かな行為とは真実でありながら、誰も正しいと認めることはないのだ。

トリが現れる。ぼろぼろの風体だ。

サンチョ　なんだ、あれは？
トリ　ドン・キホーテさん、あなたを頼ってここに来ました。
キホーテ　なにかしきりに訴えておるな。
トリ　道に迷って、やっとたどり着きました。あっちのドン・キホーテさんも必死にやってますが、やっぱりあなたに来てもらいたくて。
キホーテ　なにをいっておるのか、わかるか、サンチョ。
サンチョ　わかりません。それにしても、なんとまあ、ぼろぼろであることよ！

トリは歌う。

半月　トラウマ　ミシン台

誰もいない部屋から　ピアノの音
ショパンの旋律　半音ずれて
さざ波がそよいで　霧になる

さらさらさら　ごーん
さら　ごーんごん
さらさらさら　ごーん
さら　ごーんごん

満月　カゲロウ　水無瀬川
誰もいない病院　白衣のトカゲ
入れ歯をなくした　吸血鬼
木のうえのフェリーの　汽笛が響く

さらさらさら　ごーん
さら　ごーんごん
さらさらさら　ごーん
さら　ごーんごん。

キホーテ　おお、なんと永遠の太古から聞こえてくるかのような鳴き声であることか。

政治家らしき男3が現れる。

男3　当分静かにしているように。いいですね。余計なことはいったりしないほうが身のためだ。（トリを見て）なんだ、どっから入ってきたんだ。シッ、シッ。

キホーテ　これこれ小さなものにやめなされ。

男3　シッシッ。

キホーテ　傷ついたものにやめなされ。

男3　出てけって。

キホーテ　やめろってていってんだあ！

ドン・キホーテ、男3の背中に飛び蹴り。

男3　暴れだしたあ、誰かきてくれー、暴れだした！

トリ　（導いて）こっちこっち。

サンチョ　旦那様、逃げましょう。

トリを先頭にドン・キホーテ、サンチョ・パンサ、走り去る。

第二章

失われた街

1

街のようだが何もない。ただ瓦礫ともゴミともつかない物の山がいくつかあるだけだ。

黒いアイパッチをしたイワオがあたりをうかがいながらやってくる。

イワオ　誰かいませんかー。誰もいないんですかー。誰もいませんねー。……そうだった、本当に誰もいないんだった。……あれ、おれなにしようとしてたんだっけか?チェッ、目が疼きやがるなあ。

ネオが歩いてくる。

イワオ　（ネオに気がついて）なんだ、おまえか。
ネオ　呼ばれたようだからきたんだよ。
イワオ　おれが呼んでたのは、おまえじゃない誰かだよ。
ネオ　あたしが期待したのも、おまえじゃない誰かだよ。いいかげん毎日毎日、人恋しいって顔してるのやめたらどうかね。
イワオ　そういう顔してるか？
ネオ　してるよ。
イワオ　そういやあ、みんなどこいっちまったんだ。
ネオ　昨日も一昨日も一週間前も同じことを聞いたね。
イワオ　忘れっぽいんだ。だがな、忘れっぽいおれだけど、忘れられないから人恋しいんだ。なあ、みんなどこいっちまったんだよ。
ネオ　帰ってくるさ。
イワオ　帰ってくるかな。

ネオ　みんな、家はここにあるんだからな。なにかが変わったわけじゃないんだから。

イワオ　変わったわけじゃないのに、みんないなくなるのはなんでだ？

ネオ　なにかが変わったからだよ。

イワオ　……おまえ、発情期だろ。

ネオ　なんでだよ。

イワオ　論理が混乱してっからだよ。

ネオ　発情期は先月終わったさ。

イワオ　やりまくったか。

ネオ　生きてる証しっていってもらいたいね。

イワオ　おれは日々の食いもんのほうが肝心でね。まいったなー、腹ぺこだよ。おい、誰にもいうなよ。

ネオ　おまえが腹ぺこだってこと、あたしが誰にいうんだよ？

イワオ　おれがここにいたってことだよ。

ネオ　誰にいうんだよ？

イワオ　誰にって……セケンにだよ。セケンっていろいろうるさいだろ。

ネオ　どこにセケンがあるの？

イワオ　そうだった。おまえにセケンをいっても仕方なかったな。

ネオ　どういうことよ？

イワオ　セケンとは関係なく生きてるのが、おまえだからだよ。

ネオ　ここにセケンがあるのかよ。

イワオ　おまえまた混乱した論理ふりかざそうとしてんな。

ネオ　ここにセケンがあるっていうのかよ、まわりをよく見てみろよ。

イワオ　そうだった、そうだったんだ、うわー。（泣く）忘れてたことを思い出させやがって。どっかに転がってるもう一方の目も今頃泣いてるんだろうなあ。

ネオ　おまえのことだ。またすぐ忘れるよ。

イワオ　それでまたすぐ思い出すんだ。泣かせろよ、泣くってのも生きてる証しだ。

ネオ　うわー、みんなどこに消えてしまったんだー。ひとりで生きていくんだな。

イワオ　おまえにおれの気持ちがわかるかってんだ。ああ、目が疼きやがる。今やっとわかったよ、疼いてるのはどっかに転がってるもう一方の目のほうだ。おれと同じだ。みんなはどこだーって目がおれを呼んでるんだ。

クロマツがやってくる。

クロマツ　またオトコ泣かしてやがるな。

ネオ　勝手に泣いてんだよ。チェッ、こうやってわーわー泣けるこいつがうらやましいぜ。

クロマツ　あたしはもうあたしたちが泣いてる姿を見たくない。

ネオ　泣くな。（イワオの尻を蹴り上げる）

イワオ　ワオーン。（と泣き止む）

ネオ　スッキリしたろ。
イワオ　そうだ、これからきっといいことあると思うんだな、おれ。さてと、元気いっぱいドロボーに入るか。
クロマツ　あんたどこドロボー入るつもりなのよ。
イワオ　えっ、なんで知ってんの。
クロマツ　今いってたじゃないの。
イワオ　しまった。なんてこったい。
ネオ　この家のつもりだろ。

そこにどうやらあるようだがないような一軒家があるようだ。

イワオ　腹ぺこなんだよ。
ネオ　この家にはゴミしかないよ。
イワオ　てめえ、入ったことあるんだな。

ネオ　気をつけな。誰か住んでるから。
イワオ　呼んでも誰も答えなかったぞ。
ネオ　変人だからね。
イワオ　誰かいるってことは食いもんもあるってことじゃねーか。
クロマツ　あたしつきあうわ。
イワオ　えー、つきあうの？
クロマツ　腹ぺこよ。
ネオ　入ったって骨折り損だよ。
イワオ　絶対食いもん見つけてやるよ。
ネオ　ま、しっかりおやんなさいよ。
クロマツ　ちょっと待って、あんた。
ネオ　なによ。
クロマツ　あたしの目はごまかせないからね。
ネオ　なにさ。

クロマツ　わかってるから、あたし。だいじょうぶ、誰にもいわないから、あたしのことは信じていてちょうだい。なんでも相談に乗るから、ねっ。
ネオ　うぜえなあ。（去る）
クロマツ　さっ、ドロボー入りましょ。
イワオ　大きな声出すんじゃねーよ。ほかとちがって空き家じゃねーんだからよ。

イワオ、クロマツ、家に入った様子。あたりを物色する。ゴミの山がある。

イワオ　チェッ、やっぱりゴミしかねーな。
クロマツ　誰がこれ持って来たんだろね。
イワオ　知るかよ。なんにもなさそーだ。けーろー。

ゴミの山から驢馬が、むっくり起き上がる。

イワオ　うわー、びっくりすんなあ。

驢馬　びっくりさせたなあ。

イワオ　なんだおまえかあ、こんなとこでなにしてんだ？

驢馬　あんれまあ、自分ちで「なにしてんだ」って聞かれちまったよ。

クロマツ　いつからあんたんちになったのよ。

驢馬　さきおととい。

クロマツ　あらそう。

驢馬　待てよ。おめえたちゃ、さしずめ泥棒だな。

イワオ　すいません。ここいらにはもうセケンがないって聞いたもんで。

驢馬　セケンはないけど、おらはいるよ。

イワオ　出直すよ。

驢馬　いいからいいから、なんでも持ってけよ。

イワオ　ゴミばっかじゃねーか。

驢馬　しかたないだろ。こういう御時世なんだ。

家の奥から座頭市が現れる。

イワオ　ん？

座頭市、仕込み杖から刀を抜き、人を斬っているかのように振り、ゆっくり杖におさめる。

イワオ　……。

クロマツ　……。

座頭市、口には出さないものの、「おかしいな」と首を振りつつ去る。

イワオ　あの、今のは……

驢馬　まあ、一応ここの主人なんだけどね。まだいろいろ研究中でね。
イワオ　なにを研究してんだい？
驢馬　まあ、なんちゅうか、生き方の研究とでもいったらいいのかな。
イワオ　おれ、今のあんまさんのファンだぜ。いっちょおれと組むってのはどうかね。
驢馬　誰が泥棒と組むかね。
イワオ　生きるためだよ。
驢馬　だから、ご主人としてはだな、生きることが、すなわち泥棒ではなんか違うんでないのってことも研究してんだよ。

乳母車を押した武士が現れる。

イワオ　ん？

子連れ狼はゆっくり一周して、また口には出さないが、「どこかおかしい」
という風情で去る。

クロマツ　サムライ映画の研究をなさってるのね！
驢馬　まったくわからんちんなやっちゃなあ。
イワオ　なんかいってやったらどうですかね。
驢馬　なにをいうの？
イワオ　無駄なことはやめなさいって。街には物色してない家もまだあるんだから。
驢馬　この泥棒がっ！

股旅物の渡世人が現れる。三度笠に道中合羽。

渡世人　どこでい、どこでい、泥棒はどこでい。
驢馬　こいつです。

渡世人　他人様の金品取るたぁ、ふてぇ野郎だ。

渡世人、イワオを斬る。

イワオ　うわっ、やられた。（倒れる）

驢馬　あんれまあ！

渡世人、クロマツを凝視する。

クロマツ　！

驢馬　いやいやこのお方はただのとおりすがり。

渡世人　（驢馬に）旅の者、これで安心だ。道中、達者でな。（走り去る）

クロマツ　（驢馬にすがり）ありがとうございます！

驢馬　やれやれ！　ついにあいつの頭がいかれてしまった。研究のし過ぎで脳みそがやられてしまった！　どうしよう、どうしよう。

クロマツ　とにかく、こいつどっかに隠しましょ。

驢馬　なんでだ？

クロマツ　あたしたちがやったと思われたらつまんないでしょ。

驢馬　それもそうだな。それじゃとりあえず……（イワオを見て）うわ、恨めしそうに見てやがる。

クロマツ　ゴミんなか埋めちゃわない？。

驢馬　肝すわってるな、おめえ。

クロマツ　こうみえても修羅場クグリの俺様だぜ。（袖を上げて二の腕を見せる。そこには焼き印とも刺青ともつかない何かがある）

驢馬　理解しました。

クロマツ　おい、そっち持てよ。

ふたり、イワオをゴミ山のほうに引きずり、埋める。

驢馬　チッキショウ、こんな生活、もうたくさんだ。旅に出たいよ！
クロマツ　ふたりでどっかいっちゃう？
驢馬　よおし、まだやってない人生を求めて！
キホーテの声　待てい、驢馬。

中世の騎士の甲冑に身を包んだドン・キホーテらしき者が現れるが、これはロシナンテだ。

ロシナンテ　サンチョ・パンサよ、これじゃや、やっと自己を見いだしたぞ。
驢馬　なあんだ。やっぱりそれに落ち着いたか。
クロマツ　ちょっと待ってよ、サンチョ・パンサって誰のことよ？
驢馬　おらのご主人。遠くの街でえらくなってるだよ。
クロマツ　それがなんであんたなのよ。

驢馬　そういうことにしようってことになったんだよ。それで（ロシナンテを指し）これがドン・キホーテ。

クロマツ　なにそれ？

驢馬　こいつのご主人様。

ロシナンテ　こいつとはなんだ、こいつとは。

驢馬　こいつのご主人様はすげえんだ、なんたって大統領だからな。

ロシナンテ　そうだ、すげえんだ。

クロマツ　そんなこと今まで一言もいわなかったじゃない。

驢馬　当たり前だ。おらたちは逃亡者だべよ。誰が他人を信じるかってんだ。でもここに逃げ込んで二月ほど経つが、本当にこの街には世話になった。そこでおらたちがおらたちのご主人様たちになって、この街を助けようって話になったんだ。

クロマツ　助けようってどういうことよ。

ロシナンテ　拙者は正義の騎士ドン・キホーテ・デ・ラ・マンチャ。サンチョ、家の

驢馬　扉を開けぃ。
　　　へいへい。

　　　驢馬、あるようなないような扉を開けた様子。とロシナンテは何かの力で後方に飛ばされる。

ロシナンテ　まぶしい、閉めろ、扉を閉めろ。
驢馬　だからいったろうが、たまには外へ出て運動でもしろって。
クロマツ　これ学芸会の練習かなんか？
ロシナンテ　拙者、正義の騎士ドン・キホーテ・デ・ラ・マンチャ。
クロマツ　なにする気よ？
ロシナンテ　だから正義。
クロマツ　正義って何よ？
ロシナンテ　悪の成敗。

クロマツ　（ゴミの山を指し）それでドロボーのこいつを殺したってわけ？

　と、ゴミ山からイワオが立ち上がる。口にボンレスハムをくわえている。

驢馬　あ、おらのボンレスハム！

クロマツ　いやーん！

驢馬　生き返ったか、小仏小平。

ロシナンテ　ハハッ、騒ぐでない皆の衆、はなから峰打ちじゃ。

　と、どこからかネオが飛び出してきてボンレスハムを奪う。

イワオ　あ、泥棒！

　ネオは扉を開けて逃げる。それを追うイワオ。外界の光が入ってくる。

ロシナンテ　まぶしいっ！（倒れる）

驢馬　まったく、あいつらときたら！

驢馬は、ふたりを追って外に出、扉を閉じる。外ではイワオとネオが一カ所をぐるぐると走り回っている。

イワオ　待てよ、泥棒！

ネオ　うるせい、泥棒！

互いに「泥棒！」と罵りあううち、ネオ、イワオに捕まる。

驢馬　パス、パス。

ネオはボンレスハムを驢馬に投げる。

驢馬　(スキップなどしつつ、歌いながら) ハム、ハム、おらのハム。

イワオ　パス、パス。

驢馬　ほいきた。

ボンレスハムをイワオに投げる。受け取り逃げ去ろうとするイワオにネオが強烈なタックル。

驢馬　パス、パス。

イワオ、投げる。

驢馬　(受け取り、再び喜び歌う) ハム、ハム、パスしてもらったハム、ハム。

ネオ　パスパス。

　　驢馬、投げる。
　受け取ったネオにイワオ、タックル。ネオ、驢馬に投げる。

驢馬　（受け取り、またまた）お中元にはハム、ハム。お歳暮にもハム、ハム。
ロシナンテ　パスパス。
驢馬　はいよっ。

　　驢馬、投げる。受け取るロシナンテは扉を開けて立っている。

驢馬　あ、あんた、家から出てるよ！
ロシナンテ　克服したぞ。
驢馬　これでほぼ完璧だ。

ロシナンテ　さあて冒険の旅に出るぞ。（イワオとネオとクロマツに）おぬしらもついてこい。

三人　ええー!?

ロシナンテ　拙者は機知に富んだ騎士ドン・キホーテ・デ・ラ・マンチャ。こいつはその従者サンチョ・パンサ。それでもって、このハムはみんなで分けよう。

イワオ　やったー。

ネオ　やせてるのに、ふとっぱらの馬。

驢馬　あわわわ、おらの……

ロシナンテ　黙れ、サンチョ。旅路の果てでたらふく食わせてやるわ。旅の準備じゃ。

驢馬　ほんとに旅やるの。

ロシナンテ　当たり前だ。支度をしろよ。

驢馬　旅までやんなくてもなあ……。（去る）

クロマツ　あの、あたし……

ロシナンテ　なにかご意見があればうかがいましょう。

クロマツ　ハムはちょっといただけなくて。
ロシナンテ　ならば、この家の床下には野菜もある。
クロマツ　ええーっ。
ネオ　床下だったのね！
ロシナンテ　それだけではない、様々なレトルト食品、インスタント食品も埋蔵されておる。おぬしらはそれらを自由につつましやかに食すがよい。
三人　ついていきます！
ロシナンテ　（見上げ）この不可思議な空の色合いはいつか見た夢の夕焼けの色だ。
クロマツ　おお、それっぽい、それっぽい。
ロシナンテ　これがおそらく拙者が最後の旅になるであろう。
ネオ　旅ってどこいくの？
ロシナンテ　この街を出よう。
ネオ　出たくない。
ロシナンテ　なんで？

ネオ　そういう性格なんだ。
ロシナンテ　いずれ食料が尽きるぞ。
ネオ　うーん。
イワオ　いやー、さっきはびっくりしましたよー。
ロシナンテ　悪かったね。痛かった？
イワオ　ちょびっと。

奥から驢馬の声　がする。

驢馬の声　おーい、全然動かねえよ。手伝ってけろ。

一同奥に向かい、大きな荷台を引いたり、押したりして出てくる。

驢馬　(引きつつ)おいこら、おめえたちゃそれでも力いれてんのか。まったく楽になんねえぞ。（ネオが荷台に乗っているのに気がつき）あ、このくされアマッコが。

ネオ　あたしが押したってたかが知れてるよーん。

驢馬　芸者よんで三味線ひかせっぞ。

クロマツ　いいから、こいつはほっといてやって。

イワオ　おめー、やけにあまいな。

クロマツ　そういうあんたも汗ひとつかいちゃいないじゃない。

イワオ　バカヤロめ。なにいーやがんだ。

クロマツ　あーあ、こういう時こそゴローさんがいてくれたらなあ。

ロシナンテ　そうだ、忘れていた。旅に出る前に、拙者はまずは巨人を見つけなければならぬ。

驢馬　巨人⁉

驢馬は不意に立ち止まる。その拍子にネオが荷台から転がり落ち、クロマツ、イワオは荷台の荷物に頭をぶつける。

ネオ　うぎゃ。
イワオ　おぎゃ。
クロマツ　いててて。
ロシナンテ　みなさん、だいじょぶですか。
驢馬　巨人っつーたら、なんの巨人のことだね。
ロシナンテ　長い腕を持った、六体かそこらの途方もなく醜悪な巨人ども。
驢馬　あんれまあ！
ロシナンテ　きさま、忘れたか！
驢馬　あれをやろうってのかね！
ロシナンテ　だってドン・キホーテだもん。あれやんなきゃドン・キホーテじゃないだろ。
驢馬　お言葉ですがね、旦那様。いいですか、これからおらのいうことにあんましがっかりなされないよう、でもしっかり聞いておくんなさいましよ。

ロシナンテ　何事ぞ。

驢馬　あの巨人どもは全員倒されてしまいました。

ロシナンテ　なんで⁉

驢馬　なんでだかよくはわかんないけど、とにかく壊されてんだよ。要するにだな、あんたが打ち倒す前に、誰かさんが成敗してしまったんだよ。

ロシナンテ　……。

ネオ　どしたの？

ロシナンテ　……（歩きだす）

イワオ　おい、どこいくんだよ？

ロシナンテ　……帰る。

驢馬　ちょ、ちょ、ちょ、ちょっと待ちねせえよ、旦那様。いまさら帰るったって……

ロシナンテ　帰る。

驢馬　こまったなあ。どっかに風車残ってねえかなあ。
イワオ　俺知ってるよ。一本なら残ってるよ。
驢馬　どこに?
イワオ　あっち。(指さす)
驢馬　あっちのことは知らなかった!　早くいえよ。
ロシナンテ　聞いたか、驢馬。巨人はいまだ生き延びている。急げ、あっちに!(走りだす)
驢馬　あわわわわわ。
ロシナンテ　早くせんか!
驢馬　やれやれ、なんてこった!(追って走る)
イワオ　おい、食いもん持ってかないでどうする!
ネオ　にゃおーん。

イワオ、ネオ、クロマツ、必死に荷台を引いて、あっちに向かって走る。

するとと大きな木が近づいてくる。

ロシナンテ　あったあ、ありましたあ！

眼前に現れる大きな木。

驢馬　あれえ。
イワオ　しまった。風車じゃなかった。ただの木だった。
クロマツ　おまえ……
驢馬　やれやれ。
ロシナンテ　奇跡の風車だ！
一同　えーっ！
ネオ　ただの木……
驢馬　しーっしーっ。風車に見えてるらしいからいいんだよ。やっぱりご主人様と同じでこいつもおかしいんだ。

クロマツ　どういうこと？

驢馬　いやね、こいつのご主人様は風車が巨人に見えたんだが、どうやらこいつは木が風車に見えるらしい。

ネオ　馬鹿な馬。

驢馬　まあ、なんかこれでつじつまあってるらしいから、ここは波風立てない。

と風が吹いてくる。

ロシナンテ　しっかりと稼働しております！「友のサンチョ・パンサよ、ほらあそこを見るがよい。三十かそこらの途方もなく醜悪な巨人どもが姿を現したではないか。」

驢馬　始まっちゃった、始まっちゃった。（クロマツに）おい、あんた、馬になれ。

クロマツ　えーっ。

驢馬　（イワオに）おまえ驢馬な。

イワオ　驢馬に驢馬になれといわれるとは思わなかったぜ。

驢馬　つべこべいわずに協力しろよ。ほれ、旦那様乗ってけろ。

ロシナンテ、クロマツに跨がる。

クロマツ　ぶひひひーん。

驢馬、イワオに跨がる。

イワオ　驢馬を乗せるとは予想しなかった人生だぜ。

驢馬　（フルフェイスのヘルメットを被り）準備完了です。どんぞ。

ロシナンテ　（兜を顔まで覆い）「拙者はこれから奴らと一戦をまじえ、奴らを皆殺しにし、奴らから奪う戦利品でもって、お前ともども裕福になろうと思うのだ。というのも、これは正義の戦いであり、かくも邪悪なやからを地上からおいはらうのは神に対する立派な奉仕でもあるからだ。」

驢馬「どこに巨人がいるだね？」

ロシナンテ「ほら、あそこに見える長い腕をした奴らじゃ」

驢馬「しっかりしてくだせえよ、旦那様。あそこに見えるのは巨人なんかじゃねえだ。ただの風車で、腕と見えるのはその翼。」

ロシナンテ「お前はこうした冒険にはよほど疎いと見えるな。実はあれらはいずれも巨人なのじゃ。だが、怖いなら、ここから離れておればよい。お祈りでも唱えておるがよい。」

ロシナンテはクロマツをけしかけ、木に突進し、槍を突き立てるも、槍は折れ、転倒する。

驢馬　「やれやれ、なんてこった！」
ロシナンテ　（起き上がりつつ）どうでした、皆さん。
ネオ　（拍手しつつ）お上手、お上手。
クロマツ　まあ、よかったんじゃないですか。
イワオ　見てねえからわかんねえ。
ロシナンテ　どうだ、サンチョ？
驢馬　けっこうでございます。
ロシナンテ　よし、皆の衆、この街から旅立とう、新世界に向かって。

「新世界などなあい！」という大声がする。ゴローがばたばたとやってくる。

クロマツ　ゴローさん！
ゴロー　諸君、新しい世界などどこにもあり得ませんぞ。

クロマツ　なにがいいたいの、ゴローさん。

ゴロー　うろうろするうちに、街を出ようと思いました。ここを出て新たなセケンに向き合おうと。五千万歩は歩いたでしょうか。隣の街の境にまでたどりついた私を迎えたのは、巨大なバリケード。そこから先は一歩たりとも出てはならないのだと、野辺のカラスが教えてくれました。

クロマツ　それはどういうことなの、ゴローさん。

ゴロー　カラスに尋ねましたが、ニタリと笑ってなにもいわずに飛び立ちました。ちっきしょう、あの黒光り野郎！（怒りのせいで異様に興奮してくる）モオーモオーモオー！

驢馬　ドウ、ドウ、ドウ。興奮すな、興奮すな。

イワオ　おれたちゃもう街から出られないってわけか。

ゴロー　私たちは永遠にここに留まらなければならないのです。私たちは見捨てられた！　モオー！

驢馬　旦那様よ、どうすっぺよ。

ロシナンテ　よし、引き返そう。
一同　えーっ。
ネオ　あきらめ早いのね。
ゴロー　それでいいのか！
ネオ　いいのよ。
クロマツ　納得いかないわ。
イワオ　よくはないけど、しかたねっか。
ロシナンテ　しかたなくはありません。（毅然と振り返る）やはり拙者はセケンと戦わなければならない運命にあるのだ。
驢馬　どっちなんだよ。
ロシナンテ　いざ、バリケードをこなみじんにして突破だあ。

ロシナンテ、ゴローに跨がる。

ロシナンテ　いざ、行くんだ、ふと牛ゴローよ！

ゴロー　不可能です。バリケードは頑丈です。それに……

ロシナンテ　なにをいい淀む？

ゴロー　バリケードの前に立てられた看板の文言を目にしてしまいました。

クロマツ　なんて書いてあったの。

ゴロー　「ここからは**世界の終わり**です。立ち入りを禁じます。なかのものたちは有害です。」

クロマツ　なかのものたちって……

ゴロー　私たちのことです。

ロシナンテ　……。

驢馬　……。

イワオ　……。

ネオ　……。

第三章　不思議の街

1

トリがひとりでいる。

トリ

田圃の真ん中のあぜ道にたちつくす孤独に、乾いた風がふいていました。風はあまくて苦い。最初はあまいけれど、すぐに苦さが口のなかいっぱいにひろがりました。

街をあとにして旅立った人々は、到着した場所で泣いたといいます。もう一生、あの街に戻ることはできないのだと。反対に残された者たちはつぶやきました。もう一生ここから出ることはできないのだと。どちらが幸せでどちらが不幸せなんてことはいえません。

不思議でたまらないのは、街は変わらないのにみんながいないってこと。みんな消えてしまった。どこに消えたのだろう。そんなことばかり考えて日々を送っていると、街は最初からなかったのかも知れないと思えてきます。街はひとりひとりの脳みそのなかにあって、実際にはなかった。それはたくさんのひとりひとりの脳みその力が作り上げた幻で、たくさんのみんながいなくなってしまえばその映像も消えてしまう。残された少ない者たちだけでは、街の映写は不可能のようです。

街ははなからなかったという妄想が、それらしくまともな絶望のあとにやってきて、私から語り部の役柄を奪っていきます。語り部の静かな語り口には、それこそ火山の噴火のような怒りの感情が秘められていなければいけないでしょう。それこそ、街が火山灰と溶岩で消えてしまっていたとすれば、私はもっと立派な語り部になれていたかも知れません。

でも、やっぱり消えたのはみんなで、街は消えてはいない。そのせいで田圃の真ん中のあぜ道にたちつくす孤独にとって、怒りという感情はすぐにいろいろな思い出や哀しみにまぶされて、どうやってそれを表現したらいいのかわからなくなってしまいます。だから、なんにもしゃべりたくない、無口な生き物になって土から生まれた草の芽を見つめます。

風がゆっくりと吹いていました。乾いた風があまくて苦いのは、見えない何かのせいかも知れません。私はそれを全身に浴びて、いっぱい体に吸収させています。私はおそらく別の生き物へと変化していくのでしょう。今まで食べたことのない物を食べ、これまでになかった生活を続け、私たちは違う生き物になる。それが残された者たちのただひとつの明日です。でも明日という言葉が、棄てきったはずのそれらしくまともな絶望を呼び起こします。

田圃の真ん中のあぜ道にたちつくす孤独という私。でも、私は、もう私はいらない。

ごめんなさい、私はやっぱり語り部にはなれません……

トリは両手を広げる。羽根音がしてふっと消える。
ゴローがいる。瓦礫ともゴミともつかない物の山がある街。大きな木が立っている場所。

ゴロー　（空を見上げながら）孤独だと、私の孤独だと？
羽根音がする。ゴローは視線を下ろす。トリが出てくる。

トリ　聞こえたんですね。すみませんでした。
ゴロー　謝ることはない。
トリ　ひとりごとを聞かれて恥ずかしいです。
ゴロー　ああ、気持ちのいい風だ……
トリ　今度はあなたが語ってください。
ゴロー　語る言葉はなくした。そのかわりといったらなんだが、林のなかを散歩しないかい。

トリ　なんでですか。

ゴロー　林のなかにはいろいろな考えが舞い散っている。

トリ　考えたくありません。明日のことを考えると、頭が変になりそうなので。

ゴロー　君はもう変だよ。私の孤独だなんて口にするんだから。

トリ　……。

ゴロー　なにを見ているんだ？

トリ　あれは水平線だったかな？

ゴロー　飛べる君がなにをいってんだ、あれは地平線だ。

トリ　水平線ですよ。あんなに星屑が散ってるんだから。

ゴロー　昼間の星は金色。まるで老いぼれた肌に散らした金粉だ。

トリ　この空は老いぼれ？

ゴロー　ああ。地球の空はもう老いぼれだ。だが、老いを絶望することはない。あらゆるものに訪れる老いは生命がくれる贈り物だ。

トリ　死ねないことは絶望といいたいの？
ゴロー　永遠はつら過ぎる。
トリ　わかるような気がするけど、わかったふりはしたくない。
ゴロー　だから今の状態も永遠に続くわけではない。
トリ　そのいいかたはわかりません。
ゴロー　なぜだ。
トリ　説得力のないなぐさめにしか聞こえません。
ゴロー　はげましだよ。
トリ　誰をはげましてるの？
ゴロー　誰もはげましてやいないさ。空白を埋めようとしているだけさ。
トリ　わかるような気がするけど、わかったふりはしたくない。
ゴロー　私はすべてを受け入れる覚悟でいる。
トリ　……もうなにもいいません。

クロマツがいる。

クロマツ　食べてるのよ。
ゴロー　誰も聞いてないよ。
クロマツ　親も子供も消えたけど、あたしは食べてるのよ。不思議なもんよ、どんなことが起ころうと、食べてるのよ。やっぱり生きたいと思って食べてるのかしら。
ゴロー　ほら、林の入り口で、こういう考えに出くわしました。
クロマツ　考えてなんかない、食べてるのよ。
ゴロー　食べてください。
クロマツ　食べるのをやめることはできないのよ。
ゴロー　食べ続けてください。
クロマツ　考えるのをやめることはできるわ。
ゴロー　食べることは考えていることなのだ。

トリ　考えるのがいやだから食べるのよ。
クロマツ　ただ食べたいから食べてるのよ。

ネオが横切る。

クロマツ　ちょっと、あんた。
ネオ　ん？
クロマツ　生きてるのね。
ネオ　生きてるよ。場所を探してるんだ。
クロマツ　ああ、場所ね。
ネオ　狭くて暗くて静かなところ。
クロマツ　食べてるの？
ネオ　ああ。栄養はあるけど体に悪いもんばっかかな。
クロマツ　それでだいじょぶなの？

ネオ　ずっと前から体に悪いもんばっかさ。
クロマツ　あんた、あたしを馬鹿にしてるわね。
ネオ　そんなこたあない。
ゴロー　やっぱり、水平線だったんだな。星がぐんぐん金色になって輝いてる。
トリ　ほらね、やっぱり水平線。
ネオ　きれいね。
クロマツ　きれいね。
トリ　きれいね。
ゴロー　きちんと成仏したいもんだ。
クロマツ　きちんと料理されてね。
ゴロー　行き倒れて、腐っていくなんて想像したくないな。
クロマツ　はい。
トリ　私も同じ意見です。

不意にネオがトリに襲いかかり、かみつく。

クロマツ　なにすんの、あんた！

ゴロー　変になったか！

ネオ　ニャーゴ、ニャーゴ。

クロマツ、ゴロー、ネオをトリから引き離す。

ネオ　離せ、離せよ！

クロマツ　もうしないって約束なさい。

ネオ　突発的だ、突発的。

トリ　（ケホケホしつつ）突発的に死なされては困ります。

クロマツ　その通りよ。

ゴロー　段階ってものを踏んでくれないとね。知らされないってのが一番つらい。

クロマツ　ま、許してやってちょうだい。こいつ、なんだか情緒が安定してないのよ。
ネオ　そんなことはないっ。
トリ　私、やっぱり遠くにいこうと思います。
クロマツ　なによそれ。
ゴロー　さて遠くとは、どこだ?
トリ　水平線の向こう。
ゴロー　またいくのか。
トリ　さようなら。もう永遠に会えないかも知れない。
ゴロー　永遠は絶望だぞ。
トリ　ここで絶望しているよりましです。
クロマツ　絶望なんかしちゃいないわよ。
トリ　でも、私は叩きのめしたい、どういう文脈で使うにせよ、希望という言葉をふりかざす人間を。私は叩きのめしたい、どういう文脈で使うにせよ、元気という言葉をあいさつに使う人間を。(走り去る。羽根音)

クロマツ　（見上げて）なんか、あの子も難しい子ね。まさか死ぬつもりじゃないでしょうね。

ゴロー　今ここにいるものたちが自ら生を断つことはありえません。たぶん辛抱できないことがあったんだろうさ。

ネオ　（視線を感じ）なに、あたしのせい？

クロマツ　さっきみたいなこと年中やってんだろ？

ネオ　だいじょぶだよ、真剣じゃないんだから。からかっただけだよ。あいつとは友達だよ。

クロマツ　嘘おっしゃい。栄養が足らないんでしょ、あんた。わかってるのよ、おなかの子供の分も食べなくちゃね。

ゴロー　おお、そういうことだったのか。

ネオ　（クロマツに）知ってるってことは感づいてたよ。

ゴロー　元気な子を産むんだね。

ネオ　心配ではあるんだな。五体満足で産まれるかどうか。なんかあたしたちの体んなか、変わってきてるっていうじゃない。

クロマツ　そんなこと誰がいったのよ。

ネオ　ゴローさんからだよ。

クロマツ　そうなの、ゴローさん？

ゴロー　海辺の近くではそんなうわさが飛んでいたのさ。気にすることはない、うわさだから。

クロマツ　気にしてないなら隠しておくことないじゃない。

ゴロー　君に話す機会がなかっただけだ。

クロマツ　いやだわ、アイツにはしゃべって、あたしには話してないなんて。

ゴロー　悪かった。

ネオ　なんだ、みんな、顔色が変わったぞ。やっぱり重大事なんだな。

クロマツ　なによ、心配するなんてあんたらしくないわよ、だいじょぶ、あんたの子孫は永遠に続くわよ。

いつしかイワオがいる。

イワオ　（しーしーやりつつ）肉食ってきたよ。
ネオ　食べたの？
イワオ　久しぶりに肉食ったよ。うまかったよ。
ネオ　がっつきやがって。信じられない。
クロマツ　……。
ゴロー　……。
イワオ　なんだよ、その目つきはよ。死んだ肉食ってどこが悪いんだよ。おれは生きるよ。……肉食ったよ。久しぶりに肉食った。
クロマツ　おいしかったの？
イワオ　絶品だったぜ。
クロマツ　よかったじゃない。
ゴロー　風が吹いてきたな……風の方向へいってみよう。

クロマツ　いきましょう。

クロマツ、ゴロー、去る。

イワオ　おれ、なんか悪いことしたか。
ネオ　気にしてもしかたないけど、気にしたほうがいいかもね。
イワオ　わかんねえなあ。ん？また目が妙に疼きやがるな。おかしいな。栄養つけたばっかかだっていうのにな。

ドン・キホーテとサンチョ・パンサがやってくる。

キホーテ　ここはどこだ？
サンチョ　ここです。
キホーテ　ここは楽園か？

サンチョ　なんでですか？
キホーテ　ああ、頭がぐるぐるしてきたぞよ。
サンチョ　倒れねえでくだせいよ。
キホーテ　ここは私がかつて訪れた神の街、神々の集落そのものではないか。やはり夢でも幻でもなかったのだ、現実にわれらは踏み込んでいるではないか、闇が輝く街に。
サンチョ　ここが楽園だとでもいうんですかい。
キホーテ　なにが悪い？
サンチョ　街の入り口に書いてあったじゃありませんか。ここは**世界の終わり**だって。旦那様、見渡してごらんなさいよ。だあれもいない。ここのどこが楽園なんですか。
キホーテ　（大きな木に触れ）見よ。つぼみがついておる。
サンチョ　へ？
キホーテ　神が宿ってしっかり生きのびているではないか。ああ、私がかつて訪れた神々の集落のパラドックス。楽園とは**世界の終わり**のことであったのか。

サンチョ　そういうことをあんまり大きな声でいわないほうがいいですよ。

キホーテ　どうせ誰もおらんではないか。

サンチョ　それもそうですがね。もうこれ以上セケンからさんざんな目にあうのは真っ平だ、用心にこしたことはねえ。ん？

サンチョはイワオに気がつく。イワオは今にも飛びつかんとしている。

サンチョ　こっちさ、こい。

イワオ　！

イワオは鼻を鳴らしてサンチョに飛びつく。

キホーテ　（離れて動向を見ていたネオに気がつき）ややややや。

ネオ　……（身構える）
キホーテ　ドゥルシネーア……
サンチョ　あれがお姫様に見えだしたか！
キホーテ　ドゥルシネーア姫……

ドン・キホーテ、ネオに抱き着こうとする。ネオは逃げ去る。

キホーテ　報われぬ、わが恋！
サンチョ　（イワオが顔を嘗めるので）これこれやめろやめろって。おにぎりさ、やつから食え。

サンチョがおにぎりを与えるとイワオはがつがつ食べる。空からトリの声がする。

トリの声　ドン・キホーテさん、ドン・キホーテさん。あたしのいうことがわかりますか？
キホーテ　なんと、聞こえるぞ、理解できるぞ。
トリの声　ここは不思議の街だからです。あなたを待ってた者たちがいます。ほら！

ロシナンテと驢馬がいる。

キホーテ　ロシナンテ……
サンチョ　驢馬よ！

ロシナンテはキホーテに近づく。

キホーテ　生きておったか、生きておったか。

サンチョと驢馬は抱き合う。

サンチョ　「おいらの大好きな仲間、苦労と難儀をともにした友だちよ。おいらがいつもおまえといっしょにいて、おまえの馬具の修繕や、おまえの体を養う飼い葉のことばかり考えていたころは、おいらにとって一時間一時間が、毎日毎日が、来る年来る年がとても幸せだった。ところが、おいらがおまえを見捨てて、野心と傲慢の塔の上に登ってからというもの、おいらの魂のなかに数限りない悲しみと気苦労、そして、さらに数多くの不安が入り込んだのよ。」

キホーテ　語れ、ロシナンテよ。**世界の終わり**に立ち会ったのか？

トリの声　いいえ。このおふたりがここに来たのはその後のことです。

キホーテ　一体なにが起きたというのだ？

トリの声　向こうの海辺が見えますか。あそこから大きな光が飛び散って、みんなを消してしまったんです。あとに残された者たちはここから出ることができないんです。

イワオが急に苦しがる。

サンチョ　お、なんだいなんだい。
イワオ　目が疼く、目が疼く。
サンチョ　おにぎりに毒なんざいれてないぞ。
トリの声　通訳します。目が疼くと苦しんでいます。
キホーテ　なに、目とな。
イワオ　疼いてるのはこの目じゃねえ、やっぱり転がってるほうの目だ。ああ、目が、目が！（地面を転げ回る）
サンチョ　おい、だいじょぶか……

クロマツ、ゴローが戻ってくる。

クロマツ　なんか騒がしいわね。
ゴロー　おまえ、どうした。
イワオ　（上半身を起こして）忘れていたことを思い出したぜ。そうだ、おれもあの日街を出ようとしたんだ。出ようとしたところ、止められて格闘して、そん時だ、おれが片方の目をなくしたのは。ああ目が、あの時転がったまま の目が映像をよこしてきたぞ。バリケードだ、バリケードが見える。
ゴロー　そこは境界ポイントだ。
イワオ　こりゃ一体、なにが起きようとしてるんだ。たくさんの人間がこちら側に入ってくる。おれたちを助けにきてくれるというのか。
クロマツ　救助隊が来たってこと?
ゴロー　んー、よくわからない。
イワオ　救助隊だ、食いもんたくさん持ってきてくれるぞ!
キホーテ　この者たちはなにを騒いでおる。

トリの声　通訳しきれません。
クロマツ　あたしたち助かるのね。
イワオ　ん？ ちょっと待てよ。
ゴロー　何が見える？
イワオ　なんか変だ。
クロマツ　なにが変？
キホーテ　なにをいっておる。
トリの声　通訳しきれません。
イワオ　なんかおかしい。食いもんの気配も匂いもない。
クロマツ　ねえ、どういうことなの、ゴローさん。
ゴロー　んー、わからない。
キホーテ　なにを騒いでおる。
トリの声　大変だ、大変だ、みんな逃げろ！
クロマツ　（見上げ）どういうこと？

トリの声　なんでもいいから、早く隠れろ！
殺される、みんな、殺される！
クロマツ　なんでわたしたちが殺されるの？
イワオ　ああ、大勢の人間がやってくる！

ネオが走ってくる。

ネオ　大変だあ！　みんな早く隠れろ！

ロシナンテがすっくと立ち上がる。

ロシナンテ　どういうことだ。
驢馬　敵の来襲のようです。
ロシナンテ　なに、敵の来襲とな。（ドン・キホーテに）ご主人様、ここは私に任せて。素早くお隠れに。

キホーテ　なにを申しておる？

トリの声　通訳どころじゃない、早く逃げて。

驢馬　本物のドン・キホーテがいるんだ、おれたちも逃げよう。

ロシナンテ　拙者は逃げん。

驢馬　おまえはもういいんだよ。

ロシナンテ　皆の衆、隠れろ。ここは拙者に任すのじゃ。なぜならこの不思議の街では拙者がドン・キホーテなのだから！

キホーテ　ロシナンテ、なにをそう興奮しておる？

ゴロー　隠れましょう。

一同、行こうとすると白い人の集団がどっと現れる。人々は自動小銃をかまえている。ロシナンテは一同の盾となり、

ロシナンテ　このすきに逃げるがいい、皆の衆！
キホーテ　この事態は何事。
ドン・キホーテ、剣を抜く。白い人がドン・キホーテに自動小銃を向け、動けなくする。他の者たちは逃げる。銃声。
ロシナンテ　（撃たれた様子）私は逃げませんでした、ご主人様。
驢馬　（逃げようとしたのが、駆け寄って）ロシナンテ！
ふたりに一斉射撃が浴びせられる。
サンチョ　驢馬よ！

2

トリが飛びながらバラッドを歌う。

水月　蘭月　月見月
誰もいない夜長月で　盆踊り
埠頭の漁船が　うたいだし
昼寝のおばけが　踊りだす

神無月　神帰月　果ての月
誰もいない灯台に　睦月のあかり

仏壇のお供え物　木の芽月
夢見月の粉雪　燃え上がる

さらさらさら　ごーん
さら　ごーんごん
さらさらさら　ごーん
さら　ごーんごん

3

ドン・キホーテとサンチョがロシナンテと驢馬の亡骸の前にいる。

サンチョ　どこに弔いましょうか、旦那様。
キホーテ　……。
サンチョ　故郷に連れて帰りましょうか。
キホーテ　……。
サンチョ　処分だなんてぬかしやがって。
キホーテ　……。
サンチョ　なんかいってくだせえよ、旦那様。

キホーテ　……。

サンチョ　ああ、なんてこった、言葉を失ってしまわれた。

白い人々が出てくる。ドン・キホーテは剣を抜く。ひとりの白い人がドン・キホーテの前に出て制する。

白い人々がロシナンテと驢馬を運ぼうとする。

キホーテ　丁重に葬るのだぞ。

サンチョ　しゃべった。

白い人々はドン・キホーテのほうをちらりと見て無言で運んでいく。

キホーテ　（剣をおさめて）私は理解などしないぞ。

先にドン・キホーテを制した白い人が会釈をして去る。

キホーテ　私は理解しない。
サンチョ　いや、旦那様、こんなことといったらなんだが、もう旦那様がどうしようこうしようってことじゃございません。
キホーテ　いいおったな、サンチョ。
サンチョ　はい。身の丈ってもんがあります。身の丈を越えた妄想や幻でセケンと戦うのはもうおしめえにしましょう。
キホーテ　だがな、サンチョ……
サンチョ　なんでございますか。
キホーテ　私が今どのように見えるか、正直に申せ。
サンチョ　敗れし者です。
キホーテ　違う。私は、もはや古めかしい者だ。たどりついた場所はやはり、太古の闇だ。

サンチョ　おいらにはわかりません。
キホーテ　ここは楽園か。
サンチョ　楽園のわけがないでしょう。
キホーテ　だがな、サンチョ、どういうわけか、この街は私があの日さまよいついたあの街にそっくりだ。
サンチョ　それは幻です。現実は地獄だ。そいでもってこうしてる旦那様もおいらも幻かもしれねえ。
キホーテ　風が吹いてきたな。この風もこの空の色もいつか見たあの街の光景にそっくりだ。それが幻であったとしても、幻のなかで人はやるべきことをやらねばならない。
サンチョ　旦那様はもう十分やりましたよ。
キホーテ　本当にやりつくしたのだろうか。この不思議の街に足を踏み入れて、私は千年の夢から覚めたような気分だ。
サンチョ　前もそんなことをおっしゃってましたよ。

キホーテ　この目覚めは以前のものとは違う。なぜなら、世界は終わってはいないということだ。この街の光景は始まりだ。（傍らの大きな木に触れ）見るがいい。生命を宿している。ここに神がいる。ロシナンテにも神がいた。おまえの驢馬にも神がいた。この大地、空、海、川、万物一切に神がいるのだ。闇が産み落とした神だ。

サンチョ　旦那様、理屈はもういい。

キホーテ　理屈ではない、血肉だ。

サンチョ　おいらはもう疲れました。

ぼろぼろのゴローがぼんやりと出てきてふたりを見つめている。

サンチョ　旦那様、あそこに……

キホーテ　ん？

ぼろぼろのクロマツがぼんやりと出てきてふたりを見つめる。ゴローとクロマツはゆっくりふたりに近づく。

サンチョ　気をつけてください。人間に復讐しようって肚かも知れない。

ドン・キホーテは剣を抜かんとかまえる。ゴローとクロマツはさらに近づき、ゴローはふたりに深々とお辞儀をする。クロマツはサンチョに抱き着く。いったん離れ、今度はキホーテを抱き締める。離れて、ゴローとクロマツはじっとふたりを見つめている。

ぼろぼろのイワオ、ぼろぼろのネオが走ってきて、同じようにキホーテとサンチョを交互に抱き締める。離れてふたりを見つめる。

サンチョ　……おまえたち、待っていてくれたんだな。

キホーテ　ついにこの私を抱き締めてくれたか、ドゥルシネーア。

サンチョ　え？
キホーテ　わが恋は成就せり。
サンチョ　あの……
キホーテ　ああ、ぼろぼろのものたち、なんと愛しきものであることよ！
サンチョ　あんたは、この動物たちがどう見えなさるので？
キホーテ　愛しき生命！　言葉を持たないこの者たちにかかわってわれらはついに行動を起こさねばならぬ。
サンチョ　本当にそう思ってるんですかい？
キホーテ　なにをいう、ドゥルシネーア姫をはじめとしてこの高貴な方々に失礼ではあるまいか。
サンチョ　ああ、やっぱりあんたはとことんドン・キホーテだ！
キホーテ　サンチョ、私が今どのように見えるか。
サンチョ　気が触れています。
キホーテ　それだけか。

サンチョ　輝きはじめています。
キホーテ　輝く闇だ。もはや私自体が闇だ。このものたちは闇から生まれた。万物一切もまた、この私と同様に。海辺に向かうぞ。
サンチョ　まさか巨人と戦おうってわけじゃないでしょうね。
キホーテ　生き延びた者たちとともに海辺に向かい、そこから船でここから出ようぞ。
サンチョ　船⁉　どうやって手に入れるんです？
キホーテ　どうにかなる。
サンチョ　海辺は危険です。
キホーテ　なぜだ？
サンチョ　海辺に行けば、必ず巨人と出くわしちまう。その時あんたは黙って通り過ぎるってわけにはいくめえ。
キホーテ　さすればその時はその時だ。
サンチョ　海辺の巨人はそっとしておきましょう。いつも通り、あんたは負けるに決まってる。

キホーテ　いやいや今回の戦い、負けは決められてはいない。なぜなら、私は巨人と戦いながらも、その体を通り越してさらに先のものと戦うのであるから。

サンチョ　なんですかい、それは？

キホーテ　それを私に語らせようというのか、それは**世界を終わらせようとするすべての意思**とだ！

サンチョ　そんな、でかすぎる、相手がでかすぎる。

キホーテ　（遠くを指し）さあ、まいりましょう、海辺のほうへ。まだ間に合うぞ！

サンチョ　ああ、ドン・キホーテ。輝く闇。

キホーテ　「わしは自分が何者であるか、よく存じておる。」まだ間に合う！

サンチョ　気をつけなされ。さっそくどなたか現れましたぞ。

　ドン・キホーテが指さした海辺のほうから白い人々がやってきて並び、ドン・キホーテの行く手を阻む。

キホーテ　集まるがいい、生き延びた者たちよ！

イワオという名の犬、ネオという名の猫、ゴローという名の牛、クロマツという名の豚が、それぞれの鳴き声で叫ぶ。さらに様々な動物たちの鳴き声が聞こえて、集まってくる気配。

風が吹き荒れて、何かが舞うなか、白い人とドン・キホーテの殺陣が始まる。決着はつかない。

剣をおさめて、ドン・キホーテは海辺に向かう。白い人々はその威厳に気圧されて道をあける。

ドン・キホーテ　（振り返り）神はどこにもおりません、だが皆の衆、ゆめゆめお忘れめさるな、神々はわれらが胸のうちにある。生き抜くのだ！

サンチョ　（喜んで）やれやれ、なんてこった！

サンチョ、後を追う。イワオ、ネオ、クロマツ、ゴローをはじめとして動物たちが後を追う。白い人々は見送る。

大きな木のつぼみが花開いていく。白い人々のなかのひとりがそれに気がつき、仲間に知らせる。

白い人々は花開いた大きな木を見上げる。


幕。

◉引用・参考図書

「ドン・キホーテ」セルバンテス・牛島信明訳・岩波文庫
「判決」ジャン・ジュネ・宇野邦一訳・みすず書房

二十一世紀の狂気について――あとがきにかえて

二十一世紀のどこか、たぶん日本らしき国にドン・キホーテとサンチョ・パンサが甦ったらどうなるかと想像して書き上げたのが、この戯曲です。

なぜドン・キホーテなのでしょうか？

発端は、単純明快。ドン・キホーテを題材にして劇を書かないかというお誘いがあったからです。その時、何か運命的なものを感じました。ついに来たかという感じです。実は自分はあらかじめその題材で書く運命にあったのだという根拠のない納得です。

そうした思いを抱きつつ構想を練り始めますと、いよいよ題材は、お誘いという偶然から作家の内部の必然になっていきます。

お誘いを受けた翌年、ひと夏をかけてセルバンテス著『ドン・キホーテ』を読了しました。最後のページを閉じた時は、今この時代にこそ、ドン・キホーテを書かなければならないとひどく興奮した自分がいました。

ドン・キホーテの狂気と名付けられる感情と向き合うのに、今ほど相応しい時代はないと確信したのです。

同じ頃、私は、この『神なき国の騎士』とほぼ同時期（二〇一四年三月）に上演することとなった『リア王』の上演台本『荒野のリア』の作成にも取り掛かっていました。そこでもリアの狂気を劇の焦点に絞ろうと思っていたので、晩夏から秋、秋から冬へと、文学史上における二大狂人とつきあう事態に遇い、眠っている際にもどちらかが脳内の奥底でわーわーわめきちらしたり、ぶつぶつわけのわからないことをつぶやいたりするので、もう日々お世話するのに忙しくて仕方ない。この状態を私は脳内介護と名づけました。

さらにセルバンテスとシェイクスピアは死んだ年が同じ一六一六年という同時代人で、『ドン・キホーテ』出版時に『リア王』が上演されていた史実も知るにつけ、興奮度はさらに高まり、脳内介護の疲れなど吹き飛ぶのでした。

しかし、興奮ばかりしてはいられない。あまり無邪気につきあっていると、こっちの脳みそがやられてしまう、理性的でいようなどと気をつけようともするのですが、どっこい、このふたりの狂気とやらは一筋縄ではいきません。この文章は『神なき国の騎士』がメインなので、話はドン・キホーテに焦点を合わせます。

理性的でいようなどと決意するそばから、ドン・キホーテがニヤリと笑って、その決意を馬鹿にし尽くすのです。それはドン・キホーテという人物が単純明快な狂人では決してなく、理性的であり過ぎる故の狂人であり、狂気の果てまで行き着くことができる故に真に理性的な人間であるかも知れないからです。

理性は二流の狂気である、とは寺山修司が好んだキャッチ・コピーですが、理性と狂気が鮮やかな二項対立を描けていた時代は幸せだったと思わざるを得ません。


私（たち）は人間の理性を信じていようと思う反面、ある局面においては、理性の人と信じていたその方があっさり理性を捨て去り、それでいて理性的な風貌をしたままでいるといった光景を何度となく見ている気がします。

するとその方は狂気の人なのかというと、決してそういうことではない、その時別の場所で狂気の人と呼ばれている方は、理性的な風貌の方よりよほど信用、信頼できるピュアな核のようなものを持ち合わせていて、私（たち）は一体、理性と狂気、どちらに拠っていいのかわからなくなる。

さらに理性と狂気は別物ではないと証明される事態も勃発します。狂気は単独で発生するものではなく、狂気を演じようという理性的な振る舞いにおいて狂気は生じるということです。

あるいは、こんなこともあり得ます。理性的であろうとする市民たちが、理性的であるが故に我慢して抑えている衝動を狂気の人が行動してくれる。この狂気に拍手喝采を送る市民たちは、果たして理性的な人間なのか狂気の人間なのか。

一流の理性は一流の狂気であり、その逆もまた真なり、なのではなかろうか。

狂気と理性は対立するものでも別物でもなく、二十一世紀の私(たち)の現実においては、個人の内部で、あるいは国家という目に見えない巨大機構において、絶えず往復運動を繰り返すゴムマリのようなものではないだろうか。つまり、このゴムマリは何かに衝突したり当たったりするとすぐこっち(理性)に戻って来たり、またあっち（狂気）に行ったりするのですね。

　ドン・キホーテはこのゴムマリを抱えた典型的な人間だと思うのですが、こうした方がすでに十七世紀に描かれていたことに愕然とします。この事実に、人間とは変わらないものなのだといった教訓めいた諦念の類いの嘆息はいくらでも吐けるのですが、ここはひとつそうした嘆息は、理性的でもありえず、狂気でもないものとして、うっちゃっておいて、ひとつ二十一世紀に狂気と理性の運動の人に登場していただいて、思う存分暴れていただこうと書いたのがこの戯曲です。

　お楽しみいただければ幸いです。

　最後に世田谷パブリックシアターの永井多恵子氏、、論創社の森下雄二郎氏に感謝いたします。

二〇一四年二月　　川村　毅

「神なき国の騎士――あるいは、何がドン・キホーテにそうさせたのか？」初演記録

東京　2014年3月3日～16日　世田谷パブリックシアター
兵庫　2014年3月20日～21日　兵庫県立芸術文化センター　阪急中ホール
新潟　2014年3月28日～29日　りゅーとぴあ新潟市民芸術文化会館・劇場

◉作 ―――― 川村 毅
◉演出 ―――― 野村萬斎

◉キャスト

ドン・キホーテ／ロシナンテ ―― 野村萬斎
サンチョ・パンサ／驢馬 ―― 中村まこと
イワオ／男1 ―― 木村 了
ネオ／女 ―― 馬渕英俚可
クロマツ／男2 ―― 村木 仁
ゴロー／男3 ―― 谷川昭一朗
トリ ―― 深谷美歩

［大駱駝艦］
我妻恵美子、松田篤史、高桑晶子、塩谷智司
奥山ばらば、鉾久奈緒美、小田直哉、齋門由奈

◉スタッフ

美術 ―― 松井るみ
照明 ―― 小笠原 純
衣裳 ―― 半田悦子
音響 ―― 尾崎弘征［世田谷パブリックシアター］
ヘアメイク ―― 川端富生
振鋳監修 ―― 村松卓矢［大駱駝艦］
演出助手 ―― 桐山知也
舞台監督 ―― 田中伸幸
プロダクションマネージャー ―― 勝 康隆［世田谷パブリックシアター］
技術監督 ―― 熊谷明人［世田谷パブリックシアター］
ドラマターグ ―― 小宮山智津子［世田谷パブリックシアター］
制作 ―― 菅原 力［世田谷パブリックシアター］

◉主催 ―― （東京公演）公益財団法人せたがや文化財団
（兵庫公演）兵庫県、兵庫県立芸術文化センター
（新潟公演）公益財団法人新潟市芸術文化振興財団、NST
◉企画制作 ―― 世田谷パブリックシアター

川村 毅（かわむら・たけし）

劇作家、演出家、ティーファクトリー主宰。

1959年東京に生まれ、横浜に育つ。

1980年明治大学政治経済学部在学中に第三エロチカを旗揚げ。'02年自作プロデュースカンパニー・ティーファクトリーを設立、以降創作活動の拠点としている。

『新宿八犬伝 第一巻―犬の誕生―』にて'85年度第30回岸田國士戯曲賞受賞。

'10年30周年記念公演として第五巻・完結篇を発表、全巻を収めた「新宿八犬伝［完本］」を出版、第三エロチカを解散した。

'99年より改作を重ねた『ハムレットクローン』は、'02年パリにてJ.ラヴォーダン演出・仏訳版リーディング公演等を経て、'03年セゾンシアタープログラム東京公演、Laokoonカンプナーゲル・サマーフェスティバル（ハンブルグ）他ドイツツアー、'04年にはブラジルツアーを行った。

'03年世田谷パブリックシアターと京都造形芸術大学舞台芸術研究センター共催公演として初演の『AOI/KOMACHI』は、'07年国内ツアー、北米ツアーにて再演。英・仏・独・伊語に翻訳され、出版や現地でのリーディング公演が行われている。

同、世田谷パブリックシアター主催〈現代能楽集〉シリーズとして'10年「『春独丸』『俊寛さん』『愛の鼓動』」書き下ろし。

世田谷パブリックシアター主催〈劇作家の作業場〉一年半の行程を経て'12年発表した『4』にて第16回鶴屋南北戯曲賞、平成24年度文化庁芸術選奨文部科学大臣賞を受賞。

'13年P.P.パゾリーニ戯曲集全6作品を構成・演出し日本初演する連作を完了。

「Nippon Wars and Other Plays」（川村毅英訳戯曲集）等海外での翻訳出版も含め、戯曲集、小説、エッセイほか著書多数。http://www.tfactory.jp/

神なき国の騎士
――あるいは、何がドン・キホーテにそうさせたのか？

2014年2月25日　初版第1刷印刷
2014年2月28日　初版第1刷発行

著者――――川村 毅
発行者―――森下紀夫
発行所―――論創社
〒101-0051　東京都千代田区神田神保町2-23　北井ビル
tel. 03(3264)5254　fax. 03(3264)5232
振替口座 00160-1-155266　http://www.ronso.co.jp/

ブックデザイン―奥定泰之
印刷・製本――中央精版印刷

ISBN978-4-8460-1314-1